EL TIEMPO QUE NOS HIZO
NOS DESHACE

OCTAVIO PAZ (Ciudad de México, 1914-1998) es considerado uno de los escritores más importantes de la lengua española. Renovó la poesía, cultivó el ensayo e incursionó en la dramaturgia. Fue crítico de la política y la sociedad contemporánea y su pensamiento influyó en varias generaciones literarias de México y del mundo. Fundó, junto con otros jóvenes poetas, las revistas *Barandal* (1931), *Taller* (1938) y *El Hijo Pródigo* (1943). En 1945 comenzó su labor diplomática en la Embajada de México en París, país donde conoció a André Breton y Benjamin Péret, así como a otros escritores e intelectuales franceses y de distintas nacionalidades. Posteriormente fue designado encargado de negocios en la Embajada de México en Japón (1952). En 1955, en México, fundó con Leonora Carrington, Juan Soriano y Juan José Arreola el grupo de teatro Poesía en Voz Alta. Retornó a París en 1959 y, de 1962 a 1968, vivió en Delhi como embajador de México en la India.

Fue director de la revista *Plural* (1971); después fundó y dirigió, hasta su muerte, la revista *Vuelta* (1976). Autor de múltiples y reconocidas obras, obtuvo numerosos premios y distinciones, entre los que destacan, el Premio Xavier Villaurrutia 1956, el Premio Nacional de Ciencias y Artes 1977, el Cervantes 1981 en España, el Premio Internacional Alfonso Reyes 1986, el Premio Internacional Menéndez Pelayo 1987, el T.S. Eliot 1987 por la Ingersoll Foundation; la Medalla Picasso de la Unesco 1988; el Premio Tocqueville 1989 de la Academia Francesa, el Nobel de Literatura 1990, el Príncipe de Asturias 1993 por la revista *Vuelta*, además del Gran Oficial de la Orden al Mérito de la República Italiana 1994, la Gran Cruz de la Legión de Honor de Francia 1995 y el Premio Nacional de Periodismo 1998.

Fue miembro honorario de la Academia de Artes y Letras de Estados Unidos (1972) y de la Academia Mexicana de la Lengua (1997), miembro de la Académie Royale de Belgique (1993) y doctor *honoris causa* por las universidades de Boston (1973), UNAM (1979), Harvard (1980), Nueva York (1985), Murcia (1989), Middlebury College (1992) y Texas (1992), entre otras.

EL TIEMPO QUE NOS HIZO NOS DESHACE

OCTAVIO PAZ

Selección de Jordi Soler

ATRÁS DE LA MEMORIA…

Atrás de la memoria, en ese limbo
donde el pasado: culpas y deseos,
sueña su renacer en escultura,
tu pelo suelto cae, tu sonrisa,
puerta de la blancura, aún sonríe,
la fiebre de tu mano todavía
hace crecer dentro de mí mareas
y aún oigo tu voz –aunque no hay nadie.

Bahías de hermosura, eternidades
substraídas, fluir vivo de imágenes,
delicias desatadas, pleamar,
(tu paladar: un cielo rojo, golfo
donde duermen tus dientes, caracola
donde oye la ola su caída),
el infinito hambriento de unos ojos,
un pulso, un tacto, un cuerpo que se fuga…

El tiempo que nos hizo nos deshace;
mi corazón a obscuras es un puño
que golpea –no un muro ni un espejo:
a sí mismo, monótono…

RAZONES PARA MORIR

1

Unos me hablaban de la patria.
Mas yo pensaba en una tierra pobre,
pueblo de polvo y luz,
y una calle y un muro
y un hombre silencioso junto al muro.
Y aquellas piedras bajo el sol del páramo
y la luz que en el río se desnuda…
olvidos que alimentan la memoria,
que ni nos pertenecen ni llamamos,
sueños del sueño, súbitas presencias
con las que el tiempo dice que no somos,
que es él quien se recuerda y él quien sueña.
No hay patria, hay tierra, imágenes de tierra,
polvo y luz en el tiempo…

2

¿Durar? ¿Dura la flor? Su llama fresca
en la mano del viento se deshoja:
la flor quiere bailar, sólo bailar.
¿Duran el árbol y sus hojas
—vestidura que al viento es de rumores
y al sol es de reflejos?
¿Este cielo, infinito que reposa,
es el mismo de ayer, nubes de piedra?
No durar: ser eterno,
labios en unos labios,
luz en la cima de la ola, viva,
soplo que encarna al fin
y es una plenitud que se derrama.
Ser eterno un instante,
vibración amarilla del olvido.

3

La rima que se acuesta con todas las palabras,
la Libertad, a muerte me llamaba,
alcahueta, sirena
de garganta leprosa.
Virgen de humo de mi adolescencia

mi libertad me sonreía
como un abismo contemplado
desde el abismo de nosotros mismos.
La libertad es alas,
es el viento entre hojas, detenido
por una simple flor; y el sueño
en el que somos nuestro sueño;
es morder la naranja prohibida,
abrir la vieja puerta condenada
y desatar al prisionero:
esa piedra ya es pan,
esos papeles blancos son gaviotas,
son pájaros las hojas
y pájaros tus dedos: todo vuela.

ADIÓS A LA CASA

Es en la madrugada.
Quiero decir adiós a este pequeño mundo,
único mundo verdadero.

Adiós a este penoso abrir los ojos
del día que se levanta:
el sueño huye, embozado,
del lugar de su crimen
y el alma es una plaza abandonada.

Adiós a la silla,
donde colgué mi traje cada noche,
ahorcado cotidiano,
y al sillón, roce en mi insomnio,
peña que no abrió el rayo
ni el agua agrietó.

Adiós al espejo verídico,
donde dejé mi máscara

por descender al fondo del sinfín
—y nunca descendí:
¿no tienes fondo, sólo superficie?

Adiós al poco cielo de la ventana
y a la niebla que sube a ciegas la colina,
rebaño que se desvanece.

Al vestido de copos, el ciruelo,
decirle adiós, y a ese pájaro
que es un poco de brisa en una rama.

Decirle adiós al río:
tus aguas siempre fueron,
para mí, las mismas aguas.

Niña, mujer, fantasma de la orilla,
decirte siempre adiós
como el río se lo dice a la ribera
en una interminable despedida.

Quisiera decir adiós a estas presencias,
memorias de mañana,
pero tengo miedo que despierten
y me digan adiós.

LA CALLE

Es una calle larga y silenciosa.
Ando en tinieblas y tropiezo y caigo
y me levanto y piso con pies ciegos
las piedras mudas y las hojas secas
y alguien detrás de mí también las pisa:
si me detengo, se detiene;
si corro, corre. Vuelvo el rostro: nadie.
Todo está obscuro y sin salida,
y doy vueltas y vueltas en esquinas
que dan siempre a la calle
donde nadie me espera ni me sigue,
donde yo sigo a un hombre que tropieza
y se levanta y dice al verme: nadie.

ELEGÍA INTERRUMPIDA

Hoy recuerdo a los muertos de mi casa.
Al primer muerto nunca lo olvidamos,
aunque muera de rayo, tan aprisa
que no alcance la cama ni los óleos.
Oigo el bastón que duda en un peldaño,
el cuerpo que se afianza en un suspiro,
la puerta que se abre, el muerto que entra.
De una puerta a morir hay poco espacio
y apenas queda tiempo de sentarse,
alzar la cara, ver la hora
y enterarse: las ocho y cuarto.

Hoy recuerdo a los muertos de mi casa.
La que murió noche tras noche
y era una larga despedida,
un tren que nunca parte, su agonía.
Codicia de la boca
al hilo de un suspiro suspendida,
ojos que no se cierran y hacen señas

y vagan de la lámpara a mis ojos,
fija mirada que se abraza a otra,
ajena, que se asfixia en el brazo
y al fin se escapa y ve desde la orilla
cómo se hunde y pierde cuerpo el alma
y no encuentra unos ojos a que asirse...
¿Y me invitó a morir esa mirada?
Quizá morimos sólo porque nadie
quiere morirse con nosotros, nadie
quiere mirarnos a los ojos.

Hoy recuerdo a los muertos de mi casa.
Al que se fue por unas horas
y nadie sabe en qué silencio entró.
De sobremesa, cada noche,
la pausa sin color que da al vacío
o la frase sin fin que cuelga a medias
del hilo de la araña del silencio
abren un corredor para el que vuelve:
suenan sus pasos, sube, se detiene...
Y alguien entre nosotros se levanta
y cierra bien la puerta.
Pero él, allá del otro lado, insiste.
Acecha en cada hueco, en los repliegues,
vaga entre los bostezos, las afueras.
Aunque cerremos puertas, él insiste.

Hoy recuerdo a los muertos de mi casa.
Rostros perdidos en mi frente, rostros
sin ojos, ojos fijos, vacïados,
¿busco en ellos acaso mi secreto,
el dios de sangre que mi sangre mueve,
el dios de yelo, el dios que me devora?
Su silencio es espejo de mi vida,
en mi vida su muerte se prolonga:
soy el error final de sus errores.

Hoy recuerdo a los muertos de mi casa.
El pensamiento disipado, el acto
disipado, los nombres esparcidos
(lagunas, zonas nulas, hoyos
que escarba terca la memoria),
la dispersión de los encuentros,
el yo, su guiño abstracto, compartido
siempre por otro (el mismo) yo, las iras,
el deseo y sus máscaras, la víbora
enterrada, las lentas erosiones,
la espera, el miedo, el acto
y su reverso: en mí se obstinan,
piden comer el pan, la fruta, el cuerpo,
beber el agua que les fue negada.

Pero no hay agua ya, todo está seco,
no sabe el pan, la fruta amarga,
amor domesticado, masticado,
en jaulas de barrotes invisibles
mono onanista y perra amaestrada,
lo que devoras te devora,
tu víctima también es tu verdugo.
Montón de días muertos, arrugados
periódicos, y noches descorchadas
y en el amanecer de párpados hinchados
el gesto con que deshacemos
el nudo corredizo, la corbata,
y ya apagan las luces en la calle
—*saluda al sol, araña, no seas rencorosa*—
y más muertos que vivos entramos en la cama.

Es un desierto circular el mundo,
el cielo está cerrado y el infierno vacío.

LA VIDA SENCILLA

Llamar al pan el pan y que aparezca
sobre el mantel el pan de cada día;
darle al sudor lo suyo y darle al sueño
y al breve paraíso y al infierno
y al cuerpo y al minuto lo que piden;
reír como el mar ríe, el viento ríe,
sin que la risa suene a vidrios rotos;
beber y en la embriaguez asir la vida;
bailar el baile sin perder el paso;
tocar la mano de un desconocido
en un día de piedra y agonía
y que esa mano tenga la firmeza
que no tuvo la mano del amigo;
probar la soledad sin que el vinagre
haga torcer mi boca, ni repita
mis muecas el espejo, ni el silencio
se erice con los dientes que rechinan:
estas cuatro paredes —papel, yeso,
alfombra rala y foco amarillento—

no son aún el prometido infierno;
que no me duela más aquel deseo,
helado por el miedo, llaga fría,
quemadura de labios no besados:
el agua clara nunca se detiene
y hay frutas que se caen de maduras;
saber partir el pan y repartirlo,
el pan de una verdad común a todos,
verdad de pan que a todos nos sustenta,
por cuya levadura soy un hombre,
un semejante entre mis semejantes;
pelear por la vida de los vivos,
dar la vida a los vivos, a la vida,
y enterrar a los muertos y olvidarlos
como la tierra los olvida: en frutos...
Y que a la hora de mi muerte logre
morir como los hombres y me alcance
el perdón y la vida perdurable
del polvo, de los frutos y del polvo.

ENVÍO

Tal sobre el muro rotas uñas graban
un nombre, una esperanza, una blasfemia,
sobre el papel, sobre la arena, escribo

estas palabras mal encadenadas.
Entre sus secas sílabas acaso
un día te detengas: pisa el polvo,
esparce la ceniza, sé ligera
como la luz ligera y sin memoria
que brilla en cada hoja, en cada piedra,
dora la tumba y dora la colina
y nada la detiene ni apresura.

LAS PALABRAS

Dales la vuelta,
cógelas del rabo (chillen, putas),
azótalas,
dales azúcar en la boca a las rejegas,
ínflalas, globos, pínchalas,
sórbeles sangre y tuétanos,
sécalas,
cápalas,
písalas, gallo galante,
tuérceles el gaznate, cocinero,
desplúmalas,
destrípalas, toro,
buey, arrástralas,
hazlas, poeta,
haz que se traguen todas tus palabras.

MAR POR LA TARDE

A Juan José Arreola

Altos muros del agua, torres altas,
aguas de pronto negras contra nada,
impenetrables, verdes, grises aguas,
aguas de pronto blancas, deslumbradas.

Aguas como el principio de las aguas,
como el principio mismo antes del agua,
las aguas inundadas por el agua,
aniquilando lo que finge el agua.

El resonante tigre de las aguas,
las uñas resonantes de cien tigres,
las cien manos del agua, los cien tigres
con una sola mano contra nada.

Desnudo mar, sediento mar de mares,
hondo de estrellas si de espumas alto,

prófugo blanco de prisión marina
que en estelares límites revienta,

¿qué memorias, deseos prisioneros,
encienden en tu piel sus verdes llamas?
En ti te precipitas, te levantas
contra ti y de ti mismo nunca escapas.

Tiempo que se congela o se despeña,
tiempo que es mar y mar que es lunar témpano,
madre furiosa, inmensa res hendida
y tiempo que se come las entrañas.

CRESPÚSCULOS DE LA CIUDAD

A Rafael Vega Albela,
que aquí padeció

I

Devora el sol final restos ya inciertos;
el cielo roto, hendido, es una fosa;
la luz se atarda en la pared ruinosa;
polvo y salitre soplan sus desiertos.

Se yerguen más los fresnos, más despiertos,
y anochecen la plaza silenciosa,
tan a ciegas palpada y tan esposa
como herida de bordes siempre abiertos.

Calles en que la nada desemboca,
calles sin fin andadas, desvarío
sin fin del pensamiento desvelado.

Todo lo que me nombra o que me evoca
yace, ciudad, en ti, signo vacío
en tu pecho de piedra sepultado.

II

Mudo, tal un peñasco silencioso
desprendido del cielo, cae, espeso,
el cielo desprendido de su peso,
hundiéndose en sí mismo, piedra y pozo.

Arde el anochecer en su destrozo;
cruzo entre la ceniza y el bostezo
calles en donde lívido, de yeso,
late un sordo vivir vertiginoso;

lepra de lividices en la piedra
trémula llaga torna a cada muro,
frente a ataúdes donde en rasos medra

la doméstica muerte cotidiana,
surgen, petrificadas en lo obscuro,
putas: pilares de la noche vana.

III

A la orilla, de mí ya desprendido,
toco la destrucción que en mí se atreve,
palpo ceniza y nada, lo que llueve
el cielo en su caer obscurecido.

Anegado en mi sombra-espejo mido
la deserción del soplo que me mueve:
huyen, fantasma ejército de nieve,
tacto y color, perfume y sed, rüido.

El cielo se desangra en el cobalto
de un duro mar de espumas minerales;
yazgo a mis pies, me miro en el acero

de la piedra gastada y del asfalto:
pisan opacos muertos maquinales,
no mi sombra, mi cuerpo verdadero.

IV
(CIELO)

Frío metal, cuchillo indiferente,
páramo solitario y sin lucero,

llanura sin fronteras, toda acero,
cielo sin llanto, pozo, ciega fuente.

Infranqueable, inmóvil, persistente,
muro total, sin puertas ni asidero,
entre la sed que da tu reverbero
y el otro cielo prometido, ausente.

Sabe la lengua a vidrio entumecido,
a silencio erizado por el viento,
a corazón insomne, remordido.

Nada te mueve, cielo, ni te habita.
Quema el alma raíz y nacimiento
y en sí misma se ahonda y precipita.

V

Las horas, su intangible pesadumbre,
su peso que no pesa, su vacío,
abigarrado horror, la sed que expío
frente al espejo y su glacial vislumbre,

mi ser, que multiplica en muchedumbre
y luego niega en un reflejo impío,

todo, se arrastra, inexorable río,
hacia la nada, sola certidumbre.

Hacia mí mismo voy; hacia las mudas,
solitarias fronteras sin salida:
duras aguas, opacas y desnudas,

horadan lentamente mi conciencia
y van abriendo en mí secreta herida,
que mana sólo, estéril, impaciencia.

EL DESCONOCIDO

A Xavier Villaurrutia

La noche nace en espejos de luto.
Sombríos ramos húmedos
ciñen su pecho y su cintura,
su cuerpo azul, infinito y tangible.
No la puebla el silencio: rumores silenciosos,
peces fantasmas, se deslizan, fosforecen, huyen.

La noche es verde, vasta y silenciosa.
La noche es morada y azul.
Es de fuego y es de agua.
La noche es de mármol negro y de humo.
En sus hombros nace un río que se curva,
una silenciosa cascada de plumas negras.

Noche, dulce fiera,
boca de sueño, ojos de llama fija,

océano,
extensión infinita y limitada como un cuerpo acariciado
    a obscuras,
indefensa y voraz como el amor,
detenida al borde del alba como un venado a la orilla
    del susurro o del miedo,
río de terciopelo y ceguera,
respiración dormida de un corazón inmenso, que
    perdona:
el desdichado, el hueco,
el que lleva por máscara su rostro,
cruza tus soledades, a solas con su alma,
ensimismado en su árida pelea.
Su pensamiento recorre siempre las mismas salas
    deshabitadas,
sin encontrar jamás la forma que agote su impaciencia,
el muro del perdón o de la muerte.
Pero su corazón aún abre las alas
como un águila roja en el desierto.

Suenan las flautas de la noche.
Canta dormido el mar;
ojo que tiembla absorto,
el cielo es un espejo donde el mundo se contempla,
lecho de transparencia para su desnudez.

Él marcha solo, infatigable,
encarcelado en su infinito,
como un fantasma que buscara un cuerpo.

CUERPO A LA VISTA

Y las sombras se abrieron otra vez y mostraron un cuerpo:
tu pelo, otoño espeso, caída de agua solar,
tu boca y la blanca disciplina de sus dientes caníbales,
    prisioneros en llamas,
tu piel de pan apenas dorado y tus ojos de azúcar quemada,
sitios en donde el tiempo no transcurre,
valles que sólo mis labios conocen,
desfiladero de la luna que asciende a tu garganta entre tus
    senos,
cascada petrificada de la nuca,
alta meseta de tu vientre,
playa sin fin de tu costado.

Tus ojos son los ojos fijos del tigre
y un minuto después son los ojos húmedos del perro.

Siempre hay abejas en tu pelo.

Tu espalda fluye tranquila bajo mis ojos
como la espalda del río a la luz del incendio.

Aguas dormidas golpean día y noche tu cintura de arcilla
y en tus costas, inmensas como los arenales de la luna,
el viento sopla por mi boca y su largo quejido cubre
    con sus dos alas grises
la noche de los cuerpos,
como la sombra del águila la soledad del páramo.

Las uñas de los dedos de tus pies están hechas del cristal
    del verano.

Entre tus piernas hay un pozo de agua dormida,
bahía donde el mar de noche se aquieta, negro caballo
    de espuma,
cueva al pie de la montaña que esconde un tesoro,
boca del horno donde se hacen las hostias,
sonrientes labios entreabiertos y atroces,
nupcias de la luz y la sombra, de lo visible y lo invisible
(allí espera la carne su resurrección y el día de la vida
    perdurable).

Patria de sangre,
única tierra que conozco y me conoce,
única patria en la que creo,
única puerta al infinito.

AGUA NOCTURNA

La noche de ojos de caballo que tiemblan en la noche,
la noche de ojos de agua en el campo dormido,
está en tus ojos de caballo que tiembla,
está en tus ojos de agua secreta.

Ojos de agua de sombra,
ojos de agua de pozo,
ojos de agua de sueño.

El silencio y la soledad,
como dos pequeños animales a quienes guía la luna,
beben en esos ojos,
beben en esas aguas.

Si abres los ojos,
se abre la noche de puertas de musgo,
se abre el reino secreto del agua
que mana del centro de la noche.

Y si los cierras,
un río, una corriente dulce y silenciosa,
te inunda por dentro, avanza, te hace obscura:
la noche moja riberas en tu alma.

DIOS QUE SURGE DE UNA ORQUÍDEA DE BARRO

Entre los pétalos de arcilla
nace, sonriente,
la flor humana.

DIOSA AZTECA

Los cuatro puntos cardinales
regresan a tu ombligo.
En tu vientre golpea el día, armado.

LA PIEDRA DE LOS DÍAS

El sol es tiempo;
el tiempo, sol de piedra;
la piedra, sangre.

HIMNO ENTRE RUINAS

donde espumoso el mar siciliano...

GÓNGORA

Coronado de sí el día extiende sus plumas.
¡Alto grillo amarillo,
caliente surtidor en el centro de un cielo
imparcial y benéfico!
Las apariencias son hermosas en esta su verdad momentánea.
El mar trepa la costa,
se afianza entre las peñas, araña deslumbrante;
la herida cárdena del monte resplandece;
un puñado de cabras es un rebaño de piedras;
el sol pone su huevo de oro y se derrama sobre el mar.
Todo es dios.
¡Estatua rota,
columnas comidas por la luz,
ruinas vivas en un mundo de muertos en vida!

Cae la noche sobre Teotihuacán.
En lo alto de la pirámide los muchachos fuman marihuana,
suenan guitarras roncas.
¿Qué yerba, qué agua de vida ha de darnos la vida,
dónde desenterrar la palabra,
la proporción que rige al himno y al discurso,
al baile, a la ciudad y a la balanza?
El canto mexicano estalla en un carajo,
estrella de colores que se apaga,
piedra que nos cierra las puertas del contacto.
Sabe la tierra a tierra envejecida.

Los ojos ven, las manos tocan.
Bastan aquí unas cuantas cosas:
tuna, espinoso planeta coral,
higos encapuchados,
uvas con gusto a resurrección,
almejas, virginidades ariscas,
sal, queso, vino, pan solar.
Desde lo alto de su morenía una isleña me mira,
esbelta catedral vestida de luz.
Torres de sal, contra los pinos verdes de la orilla
surgen las velas blancas de las barcas.
La luz crea templos en el mar.

Nueva York, Londres, Moscú.
La sombra cubre al llano con su yedra fantasma,
con su vacilante vegetación de escalofrío,
su vello ralo, su tropel de ratas.
A trechos tirita un sol anémico.
Acodado en montes que ayer fueron ciudades, Polifemo bosteza.
Abajo, entre los hoyos, se arrastra un rebaño de hombres.
(Bípedos domésticos, su carne
—a pesar de recientes interdicciones religiosas—
es muy gustada por las clases ricas.
Hasta hace poco el vulgo los consideraba animales impuros).

Ver, tocar formas hermosas, diarias.
Zumba la luz, dardos y alas.
Huele a sangre la mancha de vino en el mantel.
Como el coral sus ramas en el agua
extiendo mis sentidos en la hora viva:
el instante se cumple en una concordancia amarilla,
¡oh mediodía, espiga henchida de minutos,
copa de eternidad!

Mis pensamientos se bifurcan, serpean, se enredan,
recomienzan,
y al fin se inmovilizan, ríos que no desembocan,
delta de sangre bajo un sol sin crepúsculo.
¿Y todo ha de parar en este chapoteo de aguas muertas?

¡Día, redondo día,
luminosa naranja de veinticuatro gajos,
todos atravesados por una misma y amarilla dulzura!
La inteligencia al fin encarna,
se reconcilian las dos mitades enemigas
y la conciencia-espejo se licúa,
vuelve a ser fuente, manantial de fábulas:
Hombre, árbol de imágenes,
palabras que son flores que son frutos que son actos.

EL CÁNTARO ROTO

La mirada interior se despliega y un mundo de vértigo
 y llama nace bajo la frente del que sueña:
soles azules, verdes remolinos, picos de luz que abren
 astros como granadas,
tornasol solitario, ojo de oro girando en el centro de una
 explanada calcinada,
bosques de cristal de sonido, bosques de ecos y respuestas
 y ondas, diálogo de transparencias,
¡viento, galope de agua entre los muros interminables de
 una garganta de azabache,
caballo, cometa, cohete que se clava justo en el corazón
 de la noche, plumas, surtidores,
plumas, súbito florecer e las antorchas, velas, alas, invasión
 de lo blanco,
pájaros de las islas cantando bajo la frente del que sueña!

Abrí los ojos, los alcé hasta el cielo y vi cómo la noche
 se cubría de estrellas.

¡Islas vivas, brazaletes de islas llameantes, piedras ardiendo, respirando, racimos de piedras vivas,
cuánta fuente, qué claridades, qué cabelleras sobre una espalda obscura,
cuánto río allá arriba, y ese sonar remoto de agua junto al fuego, de luz contra la sombra!
Harpas, jardines de harpas.

Pero a mi lado no había nadie.
Sólo el llano: cactus, huizaches, piedras enormes que estallan bajo el sol.
No cantaba el grillo,
había un vago olor a cal y semillas quemadas,
las calles del poblado eran arroyos secos
y el aire se habría roto en mil pedazos si alguien hubiese gritado: ¿quién vive?
Cerros pelados, volcán frío, piedra y jadeo bajo tanto esplendor, sequía, sabor de polvo,
rumor de pies descalzos sobre el polvo, ¡y el pirú en medio del llano como un surtidor petrificado!

Dime, sequía, dime, tierra quemada, tierra de huesos remolidos, dime, luna agónica,
¿no hay agua,
hay sólo sangre, sólo hay polvo, sólo pisadas de pies desnudos sobre la espina,

sólo andrajos y comida de insectos y sopor bajo el mediodía
 impío como un cacique de oro?
¿No hay relinchos de caballos a la orilla del río, entre las
 grandes piedras redondas y relucientes,
en el remanso, bajo la luz verde de las hojas y los gritos de
 los hombres y las mujeres bañándose al alba?
El dios-maíz, el dios-flor, el dios-agua, el dios-sangre, la
 Virgen,
¿todos se han muerto, se han ido, cántaros rotos al borde de
 la fuente cegada?
¿Sólo está vivo el sapo,
sólo reluce y brilla en la noche de México el sapo verduzco,
sólo el cacique gordo de Cempoala es inmortal?

Tendido al pie del divino árbol de jade regado con sangre,
 mientras dos esclavos jóvenes lo abanican,
en los días de las grandes procesiones al frente del pueblo,
 apoyado en la cruz: arma y bastón,
en traje de batalla, el esculpido rostro de sílex aspirando como
 un incienso precioso el humo de los fusilamientos,
los fines de semana en su casa blindada junto al mar, al lado
 de su querida cubierta de joyas de gas neón,
¿sólo el sapo es inmortal?
He aquí la rabia verde y fría y a su cola de navajas y vidrio
 cortado,
he aquí al perro y a su aullido sarnoso,

al maguey taciturno, al nopal y al candelabro erizados, he aquí a la flor que sangra y hace sangrar,
la flor de inexorable y tajante geometría como un delicado instrumento de tortura,
he aquí a la noche de dientes largos y mirada filosa, la noche que desuella con un pedernal invisible,
oye a los dientes chocar uno contra otro,
oye a los huesos machacando a los huesos,
al tambor de piel humana golpeado por el fémur,
al tambor del pecho golpeado por el talón rabioso,
al tam-tam de los tímpanos golpeados por el sol delirante,
he aquí al polvo que se levanta como un rey amarillo y todo lo descuaja y danza solitario y se derrumba
como un árbol al que de pronto se le han secado las raíces, como una torre que cae de un solo tajo,
he aquí al hombre que cae y se levanta y come polvo y se arrastra,
al insecto humano que perfora la piedra y perfora los siglos y carcome la luz,
he aquí a la piedra rota, al hombre roto, a la luz rota.

¿Abrir los ojos o cerrarlos, todo es igual?
Castillos interiores que incendia el pensamiento porque otro más puro se levante, sólo fulgor y llama,
semilla de la imagen que crece hasta ser árbol y hace estallar el cráneo,

palabra que busca unos labios que la digan,
sobre la antigua fuente humana cayeron grandes
 piedras,
hay siglos de piedras, años de losas, minutos espesores sobre
 la fuente humana.
Dime, sequía, piedra pulida por el tiempo sin dientes,
 por el hambre sin dientes,
polvo molido por dientes que son siglos, por siglos que
 son hambres,
dime, cántaro roto caído en el polvo, dime,
¿la luz nace frotando hueso contra hueso, hombre contra
 hombre, hambre contra hambre,
hasta que surja al fin la chispa, el grito, la palabra,
hasta que brote al fin el agua y crezca el árbol de anchas
 hojas de turquesa?

Hay que dormir con los ojos abiertos, hay que soñar con
 las manos,
soñemos sueños activos de río buscando su cauce, sueños
 de sol soñando sus mundos,
hay que soñar en voz alta, hay que cantar hasta que el
 canto eche raíces, tronco, ramas, pájaros, astros,
cantar hasta que el sueño engendre y brote del costado
 del dormido la espiga roja de la resurrección,
el agua de la mujer, el manantial para beber y mirarse y
 reconocerse y recobrarse,

el manantial para saberse hombre, el agua que habla a
  solas en la noche y nos llama con nuestro nombre,
el manantial de las palabras para decir yo, tú, él, nosotros,
  bajo el gran árbol viviente estatua de la lluvia,
para decir los pronombres hermosos y reconocernos y
  ser fieles a nuestros nombres
hay que soñar hacia atrás, hacia la fuente, hay que remar
  siglos arriba,
más allá de la infancia, más allá del comienzo, más allá
  de las aguas del bautismo,
echar abajo las paredes entre el hombre y el hombre,
  juntar de nuevo lo que fue separado,
vida y muerte no son mundos contrarios, somos un solo
  tallo con dos flores gemelas,
hay que desenterrar la palabra perdida, soñar hacia dentro
  y también hacia afuera,
descifrar el tatuaje de la noche y mirar cara a cara al
  mediodía y arrancarle su máscara,
bañarse en luz solar y comer los frutos nocturnos,
  deletrear la escritura del astro y la del río,
recordar lo que dicen la sangre y la marea, la tierra y el
  cuerpo, volver al punto de partida,
Ni adentro ni afuera, ni arriba ni abajo, al cruce de
  caminos, adonde empiezan los caminos,
porque la luz canta con un rumor de agua, con un
  rumor de follaje canta el agua

y el alba está cargada de frutos, el día y la noche
 reconciliados fluyen como un río manso,
el día y la noche se acarician largamente como un
 hombre y una mujer enamorados,
como un solo río interminable bajo arcos de siglos
 fluyen las estaciones y los hombres,
hacia allá, al centro vivo del origen, más allá de fin y
 comienzo.

ENTRADA EN MATERIA

Bramar de motores
                      río en crecida
silbidos latigazos
                    chirriar de frenos
algarabías
          El neón se desgrana
la luz eléctrica y sus navajazos
Noche multicolor
                    ataviada de signos
letras parpadeantes
obsceno guiño de los números
Noche de innumerables tetas
y una sola boca carnicera
gatos en celo y pánico de monos
Noche en los huesos
                    noche calavera
los reflectores palpan tus plazas secretas
el sagrario del cuerpo
                        el arca del espíritu

los labios de la herida
la boscosa hendidura de la profecía

Ciudad
      montón de piedras
en el saco del invierno
Crece la noche
           crece su marea
torres ceñudas con el miedo al cuello
casas templos rotondas
              tiempo petrificado
graves moles de sueño y de orgullo
el invierno las marca con sus armas crueles
piedras recomidas hasta el hueso
por el siglo y sus ácidos
              el mal sin nombre
el mal que tiene todos los nombres
              clavado
enquistado
      hasta el meollo del hierro
y las ciegas junturas de la piedra

Ciudad
      entre tus muslos
un reloj da la hora
           demasiado tarde

demasiado pronto
                    En tu cráneo
pelean las edades de humo
                         en tu cama
fornican los siglos en pena
Ciudad de frente indescifrable
memoria que se desmorona
tu discurso demente
                   tejido de razones
corre por mis arterias
y repica en mis tímpanos tu sílaba
tu frase inacabada

Como un enfermo desangrado se levanta
la luna
sobre las altas azoteas
La luna
como un borracho cae de bruces
Los perros callejeros
mondan el hueso de la luna
Pasa un convoy de camiones
sobre los cuerpos de la luna
Un gato cruza el puente de la luna
Los carniceros se lavan las manos
en el agua de la luna
La ciudad se extravía por sus callejas

se echa a dormir en los lotes baldíos
la ciudad se ha perdido en sus afueras

Un reloj da la hora
               ya es hora
no es hora
       ahora es ahora
ya es hora de acabar con las horas
ahora no es hora
               es hora y no ahora
la hora se come al ahora

Ya es hora
             las ventanas se cierran
los muros se cierran las bocas se cierran
regresan a su sitio las palabras
ahora estamos más solos
La conciencia y sus pulpos escribanos
se sientan a mi mesa
el tribunal condena lo que escribo
el tribunal condena lo que callo
Pasos del tiempo que aparece y dice
¿qué dice?
¿qué dices? dice mi pensamiento
no sabes lo que dices
trampas de la razón

crímenes del lenguaje
borra lo que escribes
escribe lo que borras
el haz y el envés del español artrítico

Hoy podría decir todas las palabras
un rascacielos de erizadas palabras
una ciudad inmensa y sin sentido
un monumento grandioso incoherente
Babel babel minúscula
otros te hicieron
los maestros
los venerables inmortales
sentados en sus tronos de cascajo
otros te hicieron lengua de los hombres
galimatías
palabras que se desmoronan

Vuelve a los nombres
                ejes
anchas espaldas de este mundo
lomos que cargan sin esfuerzo al tiempo
Nombres
           vidrio mirada congelada
pared máscara de nadie
libros de frente despejada

hinchada de razones enemigas
mesa servil a cuatro patas
puerta puerta condenada
Nombres
           verdades desfondadas

No pesa el tiempo
              es pesadumbre
No están las cosas en su sitio
no tienen sitio
          No se mueven
y se mueven
          echan alas
echan raíces
          garras dientes
tienen ojos y uñas uñas uñas
Son reales son fantasmas son corpóreas
están aquí
          son intocables

Los nombres no son nombres
no dicen lo que dicen
Yo he de decir lo que no dicen
Yo he de decir lo que dicen
piedra sangre esperma
ira ciudad relojes

pánico risa pánico
Yo he de decir lo que no dicen
promiscuidad del nombre
el mal sin nombre
el nombre de los males
Yo he de decir lo que dicen
el sagrario del cuerpo
                         el arca del espíritu

MADRUGADA

Rápidas manos frías
retiran una a una
las vendas de la sombra
Abro los ojos
           todavía
estoy vivo
           en el centro
de una herida todavía fresca

GOLDEN LOTUSES (1)

1

No brasa
        ni chorro de jerez:
la descarga del gimnoto
o, más bien, el chasquido
de la seda
        al rasgarse.

2

En su tocador,
alveolo cristalino,
duermen todos los objetos
menos las tijeras.

3

A mitad de la noche
vierte,
      en el oído de sus amantes,
tres gotas de luz fría.

4

Se desliza, amarilla y eléctrica,
por la piscina del *hall*.
              Después, quieta,
brilla,
      estúpida como piedra preciosa.

GOLDEN LOTUSES (2)

Delgada y sinuosa
como la cuerda mágica.
Rubia y rauda:
            dardo y milano.
Pero también inexorable rompehielos.
Senos de niña, ojos de esmalte.
Bailó en todas las terrazas y sótanos,
contemplo un atardecer en San José, Costa Rica,
durmió en las rodillas de los Himalayas,
fatigó los bares y las sábanas de África.
A los veinte dejó a su marido
por una alemana;
a los veintiuno dejó a la alemana
por un afgano;
a los cuarenta y cinco
vive en Proserpina Court, int. 2, Bombay.
Cada mes, en los días rituales,
llueven sapos y culebras en la casa,
los criados maldicen a la demonia

y su amante *parsi* apaga el fuego.
Tempestad en seco.
                       El buitre blanco
picotea su sombra.

GOLDEN LOTUSES (3)

Jardines despeinados,
casa grande como una hacienda.
Hay muchos cuartos vacíos,
muchos retratos de celebridades
desconocidas.
                Moradas y negras,
en paredes y sedas marchitas
las huellas digitales
de los monzones giratorios.
Lujo y polvo. Calor, calor.
La casa está habitada por una mujer rubia.
La mujer está habitada por el viento.

APARICIÓN

Si el hombre es polvo
esos que andan por el llano
son hombres

INTERMITENCIAS DEL OESTE (1)

(CANCIÓN RUSA)

Construimos el canal:
nos reeducan por el trabajo.

El viento se quiebra en nuestros hombros,
nosotros nos quebramos en las rocas.

Éramos cien mil, ahora somos mil,
no sé si mañana saldrá el sol para mí.

INTERMITENCIAS DEL OESTE (3)

(México: olimpiada de 1968)

A Dore y Adja Yunkers

La limpidez
        (quizá valga la pena
escribirlo sobre la limpieza
de esta hoja)
            no es límpida:
es una rabia
        (amarilla y negra
acumulación de bilis en español)
extendida sobre la página.
¿Por qué?
        La vergüenza es ira
vuelta contra uno mismo:
                si
una nación entera se avergüenza
es león que se agazapa
para saltar.

           (Los empleados
municipales lavan la sangre
en la Plaza de los Sacrificios).
Mira ahora,
            manchada
antes de haber dicho algo
que valga la pena,
                la limpidez.

CONCIERTO EN EL JARDÍN

(VINA Y MRIDANGAM)

A Carmen Figueroa de Meyer

Llovió.
La hora es un ojo inmenso.
En ella andamos como reflejos.
El río de la música
entra en mi sangre.
Si digo: cuerpo, contesta: viento.
Si digo: tierra, contesta: ¿dónde?

Se abre flor doble, el mundo:
tristeza de haber venido,
alegría de estar aquí.

Ando perdido en mi propio centro.

DÓNDE SIN QUIÉN

No hay
ni un alma entre los árboles
Y yo
no sé adónde me he ido.

Papel certificado por el Forest Stewardship Council®

Primera edición: marzo de 2024

© 1935-1968, Octavio Paz
© 2024, por la titularidad de los derechos para las obras de Octavio Paz:
Sistema para el Desarrollo Integral de la Familia de Ciudad de México
© 2024, Penguin Random House Grupo Editorial, S. A. U.
Travessera de Gràcia, 47-49. 08021 Barcelona
© 2024, Jordi Soler, por la selección

Penguin Random House Grupo Editorial apoya la protección del *copyright*.
El *copyright* estimula la creatividad, defiende la diversidad en el ámbito de las ideas
y el conocimiento, promueve la libre expresión y favorece una cultura viva.
Gracias por comprar una edición autorizada de este libro y por respetar las leyes del *copyright*
al no reproducir, escanear ni distribuir ninguna parte de esta obra por ningún medio sin permiso.
Al hacerlo está respaldando a los autores y permitiendo que PRHGE continúe publicando libros
para todos los lectores. Diríjase a CEDRO (Centro Español de Derechos Reprográficos,
http://www.cedro.org) si necesita fotocopiar o escanear algún fragmento de esta obra.

Printed in Spain – Impreso en España

ISBN: 978-84-397-4399-6
Depósito legal: B-615-2024

Compuesto en La Nueva Edimac, S. L.
Impreso en Gómez Aparicio, S. L. (Casarrubuelos, Madrid)

RH 4 3 9 9 6